Nico Bleutge

klare konturen

Nico Bleutge

klare konturen

gedichte

C. H. Beck

2. Auflage 2007

Gesetzt aus der Adobe Garamond im Verlag C.H.Beck
Druck und Bindung: Pustet, Regensburg
Gedruckt auf säurefreiem, alterungsbeständigem Papier
(hergestellt aus chlorfrei gebleichtem Zellstoff)
ISBN 978 3 406 55067 6
www.beck.de

Für
Christine

klare konturen

nachmittag, wechselnde sicht

über dem strich der mole. einzelne punkte, das wasser
glimmt gelb auf, wenn die sonne durch die wolken

flüstert, wölbt sich die hand, um das licht
an der iris zu halten. wimpern hängen ins bild

die schiene des lids, auf der die segel nach draußen
rutschen, kiemen, und das ufer bewegt sich

in richtung hafen. die haare folgen dem wind
der weit ausholt, auf der haut der häuser

treten knorpel hervor und die fensterläden
schnappen nach luft. als hinge alles am rhythmus

der tropfen, die gegen die steintreppe klatschen
doch der druck in den fingern läßt nach

sie geben das licht frei und nehmen den kopf
mit hinaus zu den booten, die lange schon kleinen

glasigen knochen gleichen, die dünung versteckt sie
zeigt sie her

rauher kalk. die aufgespannten drähte
gaben der veranda genau jene dichte

ordnung, die der blick mit seiner schärfe aus-
zuhebeln schien. die hart gesetzten linien

und kanten. das knistern der spatzen im schlaf
der aus den pinien rieselte. *war es der ton*

der kahlen stämme das stete anfließen
des wassers gegen die steine. felsplatten

darunter der abgeschliffene beton. kalk
und teilchen aus glas. ein leichter pfad

von der braue ans ohr. gespannter draht
hielt sich die sicht in seinem raum dagegen

rollte es. noch immer kalk. der sich so lang
von einem rand betasten ließ.

dann löste sich die hitze langsam
vom balkon und der blick wurde leichter

von den häusern abgelenkt. die weißen
parabolantennen an den fenstern

fingen schon die ersten lichter an
zu glühen blau und grün verkapselt.

als die augen zwischen den reklametafeln
streunen wollten war es eine rote

plastiktüte in der luft weit oben leuchtend
glitt sie vorbei und gab dem blick nach

und nach halt bis er weich und ruhig
hinter den lidern saß

leichter sommer

für Bernard Noël

als läge noch eine schicht zwischen ihnen
und dem schmalen streif der küste
traten die wolken hervor, scharf ab-
geschnitten an der unteren kante, oben
ein faltiger riemen, in den die möwen kleine
löcher stanzten. beim nächsten aufschauen
hatte dunst die fläche aufgerauht und der wind
verfing sich in den drahtnetzen
knapp unterm wasserspiegel, die vögel
waren längst verschwunden, der himmel
hielt noch ein weilchen jene luft
die unter ihren flügeln rauschte

wolkiger himmel. am bildrand liegen äste aus
gestreckt über dem wasser, die langen finger

greifen weit hinaus und halten das meer
in der bucht. beim genauen hinsehen

ist der horizont nicht glatt, sondern fein
geriffelt, das licht kommt immer ein wenig zu früh

oder zu spät aus den wellen zurück, je nachdem
wie schnell sich die augen scharf stellen

sie laufen dem glanz hinterher, *den ästen*
reicht diese zeit völlig aus, sie bleiben weich

und fest in der haut, an den händen
schaukelt das wasser sich auf und der dunst

verwischt bald die konturen, die kleinen rillen
am rand des bildes, der fingerkuppen

im fenster, am winzigen

sichtausschnitt: das getrocknete öl
auf den bänken. darunter der harte
rissige boden das ocker der halme der zug
schiebt sich langsam ins gleis, an häusern
und pfeilern vorbei die gestapelten reifen der blick
fällt zurück, tastet den damm ab nach sand und ruß
an den fingern reste von lack die drahtigen griffe
der notbremse hinter dem ohr die den takt fest
in die haut klopfen. bis an die grenze
pendelt sich alles ein auf das hin
und her des genicks, die geschliffenen steine
am kettchen, kameras und das klicken
der augen beim aufschaun. der scheue blick
hinterm fenster, in einiger entfernung
geht er dem wind nach. dann wieder zäune
die den sand halten staub eukalyptusbäume
der tag liegt schlaff zwischen den hügeln
darüber die sonne, ruhig, ein heller fleck
im bild der landschaft, irgendwo dahinter
tickt das meer

klare konturen. das licht
lag hinter den booten, der hafen

hielt die dämmerung fest und die hügel
traten am anderen ufer auf-

gefaltet vors auge

später september

unterhalb der kleinen düne
zwischen dem ersten pfosten

und dem zweiten, gesehen von schräg
oben: die anhäufung schwarzer steine

in einem ausgeschwemmten fußabdruck, der sand
der sich von hinten anschlich und das stückchen blech

das an den sohlen schleifte

zapahuira

weich schält der finger sand
kuppen ab reibt die scherben

vom stumpf der mauer wind
striche schleifen schleppend

rinne um rinne die zeit wäre an
genäht einzig dem boden

opfer gelände der inka zoll
terrain für versprengte last

fahrer schlagen ihr wasser ab
weich schält der finger weiter

die kleinen ventilatoren, dicht vor der front
scheibe: dieses schaben
am blau

peilung

danke, wir wünschen

gute fahrt auch, drück die nase hinters glas
und fang den blick bevor der rhythmus
über kleinigkeiten stolpert: spuren, schnell
gekappte drähte, eine landschaft unterm strich
der kalten hände, stop, wir halten und du gehst
vorbei, als wolltest du … zurückbleiben,
bitte!

peilung

der blick steckt das feld ab sein schweifen
nimmt sich die zunge zum maß die greift ein

silbig sand auf und kreuz und blech und schild
um schild kratzt sie die namen zusammen

farbschichten blöcke strähnen von lehm
auf den gräbern verschmiert … *unser vater*

schütze seine trockene haut eine hölzerne
ziffer … *die hände* der blick schmilzt langsam

kriechen die finger den stein entlang schleifen
und kränze rosen aus grobem vergilbtem

stoff streicht die spuren ein licht fällt noch
senkrecht auf die granitfläche der staub hält

die namen verschlossen der mund sucht
was morsch ist feucht zu machen und still

löst haut sich vom gaumen die stimme

rezeptur I

es wird geraten
formen aus weißblech zu bestreichen die grate
an den fingerkuppen

gleiten hellrote fasern ins fleisch mit dem stichel
die randrisse schließen
zum betupfen der einstiche gleichmaß an gelb

dringts in den stichkanal
austrocknen längs der streichnähte mehlig
einflocken vor der wahl

trägt sich der ring schwer auf dem teig ein
oder zwei abdrücke
mit dem schnittrad lösen wies fein fährt in linien

kurvts rundungen ab
auf die glühstäbe achten farblich der vorglut
gleich früher erregung

entgegen stimmts die heizkammer regelrecht
ab auf die temperaturen
in blickweite wie sie die luftspur bedrängen

hängts an der dicke
der schnittränder finger schlagen das fleisch
stückweise ein

legen weiche bandagen an rote ringfinger
zeigen spielräume
vor dem schlingen der knoten stichts heiß

an der öffnung
wachsam sein glühende heizstäbe lassen
in fingerhaut spuren zurück

eine kuppel ein schnitt

grauer plan ein halbkreis
unter kuppeln schräg gewicht
eines bogens höhe die sich
raum ausmißt

trägt sich der bau bedeckt
in färbung: mildes blau ein rot
ton kleiner kammerzweig
verästelt ins feinste bis

stränge nach zarter drehung
mehrere querschnitte zwischen
den schenkeln das maß
ziffern und richtungen deuten

fluß an von winzigem durch
kanäle gedrückt ein windungs
zugriff nur mehr: verhäutetes nähte
bündig den saum läuft ein auge

einzeln entlang

strähnen

leicht sagt sichs leicht
vom geruch diese klinische
luft sagt essenzen aus haut nebst

den achseln metallstaub sonst
geruchlos die luft nennt sich klinisch
lateinisch gefäßpräparat

mit den lachsroten strähnen und drähten
verteilt daran an gehärteten fasern
schleifen sich bauchhöhlen blicke zurecht

diese spreizenden blicke die stirnfalten
streichen brauen scheu
bleiben haften wie die pupillen darunter

an glasigen strängen lackiertes
war einmal *feucht, funkelnd, frisch*
nach dem schnitt aus der leiste gequollen

muskeln vergilbte blicke lateinisch
listen begriffe organe auf
den schnitt geometrischer blöcke

suchen sich feuchte blicke darin die
wandern entlang an den namen gleiten
übers brustbein lautlos mit

rillen dazwischen
drängen weich die gerüche
in körper zurück in die offenen

leiber rollen sich ein ziehen staub ab
verschließen gefäße und weichen
zurück in klinische leichtigkeit

rezeptur II

unter den daten rücklings
korrekter dosierung schluckt sich das zungenfell
wie von selbst hinab

ins innere schleichts dort an den magenwänden
abwärts meldet die stimme
veranlagung etwa im falle schwerer epilepsie

gilt es verzicht zu leisten
oder wenn die muskeln schwach sind die fibrillen
dünn über knochen gespannt

könnens glas nicht mehr halten verstärk die ration
zum losen behelf bald
kommts wieder zum vorschein das pelzige fellchen

feuchtes auch rät man an
schwellungen abschwellen zu lassen an knöcheln
wucherts hervor mit den lappen

sparsam heißt es verfahren die lagen straff anlegen
die elle in der fluchtlinie
beider hände halten den druck falls es hart wird

möglichst erhöhen die dosis
noch einmal angleichen reibe das fell mit der haut
warm an den fleckigen stellen

den zuckungen gegensteuern taub an den knöcheln
hängt haut still die zunge
im mund auf dem zungengrund fest kleben blaue

dragées in den hohlen wangen
die wirkstoffe freisetzen langsam die feuchten
fangen zu wirken an

wärme

wärme kommt mit dem nebel
bald drückt der bauch sich fest
unters hemd. der verlängerte körper
geht ihr so langsam davon (er geht auf
in der hand, eine blase, wasser
lagert sich ein) und sie scheut sich
von einem andern blick zu sprechen.

drei skizzen

(1)

nebel, die schmalen zeilen
der bäume, ein hochsitz, nach einer weile

ein zweiter, vom zugabteil aus
schneiden die augen ins leere

klebriger seiten, saugen sich fest
an den worten: *das rauschende wasser*

war still

(2)

dämmernder see. und die gischt reibt sich
wund an den ufern, nur das leise schnarren

der takelage auf den segelbooten
mit der handvoll gelber jacken, die starr

vor dem wind hängen

(3)
dieser blick zwischen ihr
und der dunstigen scheibe

griff er hinaus, ein flacher schnitt
in die falten der landschaft

bei Oostende

nacht im sand, und das meer
streut nägel ans ufer, das dröhnen

der tanker weit draußen, weißer dampf
und laternen, die häuser

spiegeln den grund

wandernde teilchen

fransige schneisen, das auge

hinkt dem kopf immer ein klein wenig hinterher, der metallknauf
mit den kantigen schrauben, das grob gesichelte wasser, die bojen

und kugeln aus styropor *(fast hüpfend)*, die schwarz-weißen stangen
die das ufer abstecken, langsam, beim wandern über den horizont

kommt die sandlinie näher. tangfäden, schmale markierungstonnen
der blick schleift die rundungen ab und die vögel

rauhen die luft auf. *scharlach, malve, blau harren aus*
das schauen gewinnt an den farben, an den konturen

fädeln die lider sich ein. die fahrrinne und ihre schraffuren
die kleinen aushöhlungen in den steinen, mit den schnittgeräuschen

den häufungen rissiger kapseln und scheren, ab-
geknipster beinchen. hinter den flachwasserstellen

reibt die luft sich an den zehen, riffelt die häutchen
im schlick und die schilfhalme. strömungslinien, *schnurrhaarfeine*

wirbel, die dalben halten den takt, für das lauschen
treten schon wellen hervor, sie gleichen sich

und gleichen sich nicht. erst an den trockengestellen
lösen die töne sich ab und die augen, unter den krabbenreusen

legen ein bißchen nach. der daumen holt sie nach vorne, ans licht
das auf die bohlen fällt und auf die mürben taue, schlinge um schlinge

das gefältelte moos an den ringen, am ende der staurille kleine
gequollene körner, die wimpern schleusen sie ein

wandernde teilchen, das sehen

war diese eine bewegung, der landschaft punkte vorzugeben
sicherungskästen, knoten, die in den fels gestemmten
pfosten aus holz, und die eingewickelten boote. das meer

kehrte langsam ans ufer zurück, an den bruchstellen
sickerte luft durch die steine und senkte den druck
in den ohren. hörspuren, wärmere töne, das ein-

und ausfahren des zuges an den berghängen: dieser weiche
rhythmische schwung, der die häuser nach oben holte
das licht vor den fenstern stieg leise mit, eine zarte drehung

hielt die schultern über der sandfläche fest
ihre grob geschliffenen kanten bogen sich ein
in die mulden der strandmauer, hinter die tangpfade

griffen vereinzelt zweige, die kleinen bewässerungsgräben
vor den garben aus reisig und stroh, die sich feucht
dehnenden beete. nur auf den schmalen kalkterrassen

gab die luft ein wenig nach, und die töne wurden leichter
von den büschen angelockt, von den auf-
und abtauchenden blättchen. bis an die brüstung

der hangtreppe kamen die wellen heran, ihre flechten
aus seegras verschluckten die hand und die öligen teilchen
die sich streckten und wieder zusammenzogen

kühlere schläfen, die wolken liegen schwer

auf den kuppen der berge, *vom wasser radiert* ist die landschaft
nichts als der sinkflug der vögel, ihr langsames gleiten hinab
an die mündung, *wo die luft etwas mitteilt*, von ferne

die häuser wachsen aus dem fels und die stromkabel
hängen durch bis ins tal. alles scheint an der stimme zu haften
sträucher und schritte, die weinrote körnung der schwingen

ihre schleifen werden länger, der kopf senkt die temperatur
wenn die tropfen den staub an den fußspitzen binden
und der teer seine schuppen zeigt, das schilf seine trockenen blätter

auf den steinen auslegt. die pupillen sind härter nun und die wolken
saugen das meer an. *fingerhut, kalmus, eine salpiglossis*
die kleinen pflanzen die zwischen den halmen sitzen

die molche und nattern mit ihren grauen und weißen streifen
und den züngelchen die den regen abtasten, sie ziehen nach
was der puls ihnen vorgibt, der winzige puckernde fleck

unterm gaumen des sperlings, sein rauher, aufgehellter bauch
der kurz nachglimmt. dann macht auch er sich davon
zu den vögeln am ufer, die schnäbel immer noch sichtbar

wie die grasränder, der feine schlamm an den zehen
die hand bleibt ruhig, das wasser löst sich von den hängen
und setzt sich leise an den halmen, an den schläfen fest

westseite, dämmerung, die schärfe der kanten hält sich nur kurz
auf den dächern. die ziegel weiten ihr moos und der stein
nimmt die wölbung der hügel an. ausgewaschene blätter

das gras liegt flach an den hängen, schmal und weich
drückt die straße gegen den damm, der leicht absinkt
seine schattigen ränder schieben sich langsam zurück

in die handflächen, hinter die knöchel am tischchen
reichen allein die metallfäden und die glasigen stempel
der blüten, die auf der wachsdecke spuren ziehen, kleine risse

vom unterarm bis an die rinnsteine. erst an den ästen
haken die finger sich ein, ihre rauhen gelenke
geben der borke ein wenig halt und stricheln nach

was die drahtschlaufen anzeigen, abgeriebene stämme
an die der daumennagel geht, die feuchten stellen
am geländer, unter den tastlinien werden sie warm

nahe zweige, die schatten der kleinen schlingpflanzen
mit ihren farbpolstern hinter den quer gesetzten linien
griffen an der hausmauer noch einmal zu, sie hatten farne
und den putz verbunden, aufgerauhte schwebflecken
die an den steinboden tippten. an die moosigen rauten
lehnten die augen sich an und zogen weiter
hangwärts den wind in die schotterfurchen
staubteilchen, angeritzte blätter, die struppigen ränder
der grasmulden unter dem fenster, was sie versteckt hielten
legten die finger vorsichtig frei, mehlige hülsen
und stiele, zerzupfte fasern, vom anfassen hart
geworden, steinig, die brüchigen kanten der zaunwände
mit den ausspülungen, den taststellen feiner kanäle
die zu den platten führten. als habe der blick sich
verschoben, kamen die mücken heraus, aus den lehmziegeln
löste der wind seine krümel und holte das gras
an die leicht bewachsenen stufen, hinter die laubfläche
wo das licht sich verteilte, weicher wurde
und in den nadeln, in den spitzen hängen blieb

die versinterten wände unter den hinterhausschatten
die schmal gefaßten balkone, mit den bleistiftlinien
den peilstangen zwischen den folien, hellrote

an den stämmen verknotete stränge und klammern
aus weichblech, die den boden sichern
den wegrand zusammenhalten. die gemaserten stoffrippen

in der überlaufrinne, die ausgeblichenen schwämme
und spulen am anfang des trichters, lotleinen und das licht
schleicht einwärts, immer die steine entlang, die betonmarken

mit den wasserspuren, die sich einpendelnden schwingungen
der angelhaken unter den korkleisten, kleine belüftungsfächer
von wirbelsaum zu wirbelsaum. bis an die nietfalze

das zischeln der rohrstauden und der riementangstengel, seitlich
gehäufelte zweige und das licht, das in die nischen reicht
hinter die schutzplanen, die schmalen, faltigen ballen

punktierter himmel

die streifen der telegraphendrähte über dem skelett aus sandstein
die aufquellenden wolken hinter den hügeln
das einrasten der pupillen. der schräg belichtete horizont

die kühle der keramik an der oberseite der finger, der druck
der härchen gegen die serviettenringe, *die perspektive*
der übereinander gestapelten erinnerungen

der matte winkel der stufen, die schattige kerbe
eines treppenabgangs, überspannt von grauem draht
der die dächer ausstreicht, die schmaler werdenden veranden

das aufspritzen des reinigungswassers an den rissen des teers
die rostige färbung des efeus, die groben zuckerwürfel
auf den metallhäuten der fregatte im hafen, *platte auf platte*

fülle ich mit bildern für die zukunft, fülle und fülle
die aus dem bild gebrochene sichel des meeres und den kalk
in den fingerrillen, den sand und diesen blau angelaufenen himmel

seehäute, angetrockneter tang

aus dem die zehen ragen und die kohlehärchen, die geöffneten halme
mit ihren sandrändern, die vom licht gekräuselten schalen

die zurückweichen, hinter die bohrflecken, wo das wasser sich einfärbt
fasern bindet und die strähnen der schlammkrater, die aus den löchern

aufsteigende luft. nur die augen bleiben erkennbar, die sehkügelchen
mit den glibbrigen stielen und furchen, sie kriechen hervor

aus den flachpanzern, dem fahlen, aufgeworfenen sand und die zehen
drehen sich mit. sie finden noch halt an den pflanzen, die krebse

klammern sich an den ballen fest, ihre bauchig gewachsenen scheren
und die beine, die an die falten klopfen. der fuß mit den dunklen härchen

schüttelt die krebse ab, unter wasser bilden sich schlieren, kleine strudel
die sich ausdehnen, sie geben den krebsen die richtung vor

ihre abgelenkten körper, unruhig, fast schlingernd zwischen den dicht
sitzenden halmen und kratern, die scheren filtern den sand

filtern die fasern, am boden wandern die krebse davon. in den schalen
sammeln die bläschen sich, die beine mit ihren spitzen borsten

locken die zehen an, sie ziehen sie nach, zu den sickerflächen
der schlamm wird fester, trippelspuren, in den eingedrückten stengeln

den rispen, die an den sohlen haften, nisten sich tropfen ein
die getrockneten algen im sand und die schwarz getüpfelten scheren

der krebse hinter den stachelhauben, die schalen weichen zur seite
aus, schieben sich nah an die krater, setzen noch einmal an

grenzlampen, anlegestellen, *die wolken*
jetzt nicht mehr so niedrig. der vom regen gesprenkelte sand

und die schritte, die immer größer werden, die fußballen
gleichen jede unebenheit aus, das geräusch der sich gabelnden

bäume, hinter den einbuchtungen, leitet das hören bald
in eine andere richtung. der feuchte, zusammengeschobene tang

die fliegen, die von den kieseln stäuben, von den torfigen strängen
der stegpfeiler, mit ihren einsinkenden farben und schichten

aus schlick sind die steine dicht an den schnäbeln, der flache
am rücken geöffnete fisch, das beharrliche einpicken

der seemöwen in den schlitz. wo die sandlinie aufhört
unter den ästen, fangen die zäune an, eine schwache bewegung

die zwischen den stangen stärker wird, die verkrauteten ziegel
und die knacklaute, die von den hängen kommen. nach und nach

zieht das hören die töne ans ufer zurück, den kanälen entgegen
wandern die zwirbelgräschen, die vom wind gelockerten disteln

spelzig, frühzeitig angeschwemmt, werden die stehfedern langsam
trocken. häkchen bleiben im sickerwasser, die möwen

wagen sich weit hinaus, zu den aufgeschütteten balken
den sammlungen kalkiger flechten und steine, schuppig die bänder

die zu den stelzen führen, über die bänke hinweg, an den wolken
staut sich die sicht, klingen die töne ein bißchen nach

rolltore bilden den rand, ***wo die sandlinie aufhört***

hat das riedgras die poller verbüschelt, die geziegelten rohrschächte
hinter den haltezellen, wo die fluchtwege angezeigt sind

die ketten zur absperrung, einlaufbecken, fertigungsteile
die schleppkähne liegen schräg auf den rampen, den verbindungsflächen

fehlen die steine, in den dicht bekiesten scharten, den ritzen
die an die wände stoßen, wachsen hart verdrahtete bäume, die stämme

fächern sich auf. lautsprecher sind an die zäune montiert
die genieteten lampen, mit den milchglasblenden, den kappen aus holz

und dünnem kupfer, ihre seitlich beschichteten ösen halten die kabel
über dem gleisknoten, triebwagen sichern die schranken, die luft

trägt die rußteilchen gleichmäßig strandwärts, an den kränen vorbei
die im spätlicht warten, die haken schlagen ans blech

erdlöcher, bis zu den würfelhäusern, am tor ein verschobener bolzen
der sand fährt die schienen entlang, die offenen dämmstoffpakete

durchsichtig, unter den kuhlen geknickt, sind die folien fast an den ringen
der sicherungsmasten. krautnischen, lose betonplättchen

zwischen den dunkler werdenden ästen, den halmen mit ihren zitterköpfen
treiben wurzelenden hervor, verfilzte stoppeln, die den hang belüften

die farne am rand der planierzone. nur in den senkstreifen nestelt das licht
an den eingerissenen sprossen, sie weisen das sehen

noch einmal weiter, die halde hinunter, die lange entwässerungsrinne
spült die kontursteine, flutet den groben sand

schlesische nacht

charakterkopf, abteilung Messerschmidt (F.X.): 1

metall ist das, die kaum polierte platte, ist so voller
lust. da spricht der mund sich aus, die zunge
in der höhlung ist ein keil. da spannen sehnen sich, ein keil
aus einem kopf, den an der halsschlagader falten
auf dem sockel halten. kopf, der aus metall und also kalt
in deine fingernägel geht, wenn du die wulstig aus
geformten runzeln an der nasenwurzel fleckig schnippst.
dem hübschen plattenträger will der schädel
knochen fremdling sein, die lippen scheußlich hart, *ich*
möchte ein solcher werden, wie einmal ein anderer
gewesen ist. so sagt es ihm, in einer richtung soll die stirn
ein rippenlager sein, darunter wölben sich die augen
lider, still, als sei die zeit in diesem kahlen schädel an
gehalten, festgestellt. wo doch die zunge weiter
flüstern und die knochen knacken will. das ist metall
und hält den ton, auf einer kaum polierten platte.

charakterkopf, abteilung Messerschmidt (F.X.): 2

was sehen wir: wir sehen köpfe, diese anzahl großer
ausradierter köpfe, die sich drehen und befingern lassen.
69 teile sehen wir, rasiert, justiert, kein härchen
auf den wangenknochen. umgestülpte lippen, eine wand
an der die fieberkurve lesbar wird, ein diagramm
aus eingeritzten linien und haken *wie die spuren*
eines vögeleins wir nehmen lappen für die brauen
für die schildchen einen schwamm, was wir hier sehen
sind die tapser und die kleinen randgrimassen.
ein bißchen *daumenlutscher* und *zitronenschneider*
ein lieber schneck und ein hallodri, bißchen *ulkig*
und verwirrt. ein feschak und ein tausendsassa, faxen
vor dem spiegel, auch so rundlich um den schnabel
wo es gähnt und kräht und schreit. das ist schön an
zuschaun und kundzugeben, was wir sehen
ist es nicht, wir sehen köpfe, große köpfe, 69 an der zahl.

schlesische nacht

immer die schneide fest im gesicht und immer
die hand an der gabel hartem griff er schiebt
mit seiner abgebrannten fingerlunte jenen schaft
in die tasche immer weiter geht der mantel dann
dunkel durchs fenster ein und aus er sieht sich vor
und neben den bettpfosten stehen holz denkt er
sich aus den taschen läßt den schluß den roten
zündholzkopf im futter glühen und darunter die haut
fängt feuer schnell und immer mit dem quervermerk
im hellen stoff die schneide im gesicht *das brennt*
wie zunder ja das frißt dir noch den letzten knochen
ab *wir wollen hoffen, daß es stimmt* das stimmt
ja immer noch und außerdem ist es mir eine *lust*
bei toten stets zu leben wie die flammen plötzlich
gehen wollen abgeräumter platz ich hab den schneid
in meiner hosentasche den *marinehimmel* im visier
verschränkt ein leichter strudel der gedanken doch
wen kümmerts ob hier einer haften bleiben will

es zeigt der kiel mit seiner wölbung leicht nach oben
und leicht nach oben scheint das gras, das flach gedrückte

sich eben auszustrecken, härchen, kleine sammetpfoten
die halten hier den ton, die warten noch ein bißchen

was in der hecke sich bewegt. und es bewegt sich
einiges. feldblättchen, wespen, ein zerzauster flaum

gibt laut, hüpft heftig, augenschlitze werden weit. es
knistert, ja, es raschelt gar, als sich die pfoten langsam

nähern. dämmrig schmiegt die katze sich ins gras
sie dreht den kopf, den schmalen katzenkopf, zur seite

jener eingedellten stelle zu, an der die federn, schwanz-
und rückenfedern, friedlich in der sonne liegen. weit

verstreutes sammelt der katzenblick ein und hält es
fest, *mit einem zucken des ohrs, mit einem beben*

des schwanzes. die luft scheint ruhig zu bleiben, kühl
die kleinen pfoten, die von dem zittern kaum was sehen

oder hören lassen. tschilpen, rascheln feiner blättchen
es rührt sich etwas, das die katze, schmal, bedächtig

fest im blick hat, in den aufgespannten augen
des vogels, die nach oben zeigen, spiegelt sich nichts

Hopper I

(1)

die kleine mulde unter ihren füßen
der bleiche stoff, der diesen druck, den abgelenkten
nicht lange halten kann, die augen
schweifen ab
und kehren doch zurück
zu ihren knien, die sie umfaßt hat
zu den schatten auf den oberschenkeln, rauhe
abgeschabte stellen, sie weisen hinauf richtung kopf
der dutt sitzt locker überm nacken, an der stirn
verfransen strähnen sich, die getrockneten haare
mit ihren rändern aus licht
und dunkler farbe, darunter die leicht
gerötete wange, ein schmaler mund und dieser blick
nach draußen, das schauen
findet einen halt.

(2)

sichtflächen, hellere ziegel
die dinge kehren an ihren platz zurück
sie bleiben ruhig, der rahmen und die dünne jalousie
geben dem licht eine form

Hopper II

in einer nische, neben dem eingang
gegen die wand gelehnt und dösend
sieht man die anweiserin
mit ihrem arm stützt sie den kopf
mit ihrer hand, die weiß ist und genau
aus einem blauen ärmel kommt
steht sie versetzt im schwachen schein
der notbeleuchtung, wo das verblaßte treppenmuster
abwärts führt. auf der anderen seite des bildes
hinter der grob gemalten säule
die leinwand, der dunkle zuschauerraum
hier muß der blick erst einmal suchen, das licht
versteckt sich auf den messingstangen
man sieht den kragen, einen hinterkopf
und etwas weiches überm ohr, so
wird der film gezeigt, nichts flimmert

Hopper III

ein grünes dreieck auf dem boden, teppichlicht
das ihre füße mit den spitzen schuhen hält
sonst trägt sie nichts
sonst gehn die augen aus dem fenster, nackt
der ganze körper
und hinter ihrem langen haar versteckt
die schultern, das gesicht
sie sitzt nach vorn gebeugt und ruhig
schmiegt sich der sessel an den körper, untenrum
hat sich ein schatten an die haut gemacht, die dunklen farben
dämpfen ihr das bein
sie dämpfen ihr die lehne, bis zum bauch
reicht nicht einmal der stumpfe ellenbogen
nur auf den armen ruht das licht und auf den knien
ruht ihr gewicht, am späten vormittag
sie sitzt ruhig da, nach vorn gebeugt, der blick
geht aus dem fenster

s körperchen

s körperchen
s körperchen ruht s
   körperchen
   ruht   heut
      am zeug flickts
                  was
s körperchen
hat was
von härchen armbeugen
weis hats wülste
venen hats bleich und
unterm knöchel blau mäanderts
brustwärts   (wann)
gelegentlich durchs kehlchen
spuckhauch wörtchen
                                 (zum mitreden
keins) schleifspruch hinkende
                            spuckspur
s körperchen
s körperchen ruht s
körperchen lauert
                            heut
    lauerts der augen
                blick drehts zum strick
s körperchen lauert aufs wörtchen
spricht sich hakt sich fest ein
sitz der haut
am wortkörperchen
                            schrammts

irgendwann schleifts
reibt sich ab
ins sämige bläschen
wortkörperchen treibt
körperchen wars
und spannt voller wort
loser
spucke

n ächtliche skizz

se kunden ritz zwischen den spuren eine w
inzige p hasenverschiebung von mund zu m und v

om winkel der lippen zum aufgenommen en ton
fall dauert es eine weile eine kaum zu ertastende w

eile läßt s ich nicht sagen der winzige zwischenraum z
wischen zeitschichten winzige s panne von tonspuren sicht

spuren zu die sich vorschieben so ist die zeit ist die zeit i st
die zeit eine summe mehrerer schichten von sinnspiel

en mehrerer winziger schichten von spiel von verspieltem gewinn
sel verschiedener schimpf ender wesen auf bildschirmen

mensch en die spielraum suchen auf technischer feinsch
icht keineswegs spielerisch schauen in phasen kaum s

päter entsprechen den tonfall hören lassen der hört sich von s
elbst wie die sicht sich von selbst in mehrere schichten auf

teilt die selbständig spürbar sind spaltet sich zeit auf in spalt
en in spuren die einspringen spuren die schaut in die riß

spur zerschliss en den spurritz der sinn staut den gleich w
ieder überholt n

rezeptur III

vorerst:
die frosthaut entfernen
mit wasser lauwarmen andruck und querdrehen
leicht (und bald) dem aufweichen gegen
schneiden in dicke scheiben
schnitt setzen einen zweiten
schnitt um schnitt schmalere scheiben ab
trennen (färbt sich der stahl)
            jedoch dann:
halt in gitternetzen wasseraustausch und fett
dringt lösungsmittel ein (rauhe quellstellen)
bis zum letzten bläschen
greifen finger ringsum fest
am weichen greifen finger ins feuchte
flachkammerbad betten um
legen ein
saugen luft ab draußen heizen
am siedepunkt spenderhände (in spe)
wie die mittel entweichen wollen weich
ziehts kunststoff an füllt sich
langsam füllts lange
den einschluß (sache der polymere)
unter glas
oder folienweis aushärten harze
die farbe bestimmen details

mikroskopischer lauer zum beispiel das hirn
gelbdiaphan wirds und braun
wo die nerven sich treffen
mundwärts
(unter der hand)
lösts zünglein sich annähernd ab

seelichter

am ufer zappeln die blättchen, langsam
werden die seehäuser wieder sichtbar, ihre aufgehellten giebel
und die rohre an den unterkanten

das geräusch eines kleinen motors, etwas
das die halme in bewegung hält, die immer leichter
aus den fenstern wachsen

morgens, der unruhige vogelflug
mit der flimmernden rinde, dem see
an der fluchtkante

nur der funkmast ändert den takt, die lauter
zirpenden blättchen

nachmittags, hinter dem fenster
das klackern der störche, kurz der

andruck der luft, als zuckten die dinge
innen auf

beschichtete ufer, die luft
hängt zwischen den schneemasten fest
der dunst dringt bis an die stufen
bis an die bauchigen scheiben
der wartehäuschen, die beschlagen sind
von innen

hafenansichten. das licht zieht sich abends
in die boote zurück, in die schmalen beleuchtungsköpfe

der einfahrtsbojen. mücken schlagen ans glas
eine bewegung nach innen, die schwächer wird

die angeln lehnen am fenster

nur aus den augen-
winkeln, kurz, verläßlich:

das frühlicht
auf den nachbardächern

die projektionen auf den stämmen
als wären die blättchen

zweimal da

die verschütteten wege

(1)

empfindliche anlagen, vom wasser aus kommen die gärten
nicht in den blick, die hart anlaufenden wellen und die scheiben
die sich nach außen wölben. unter dem chromgeländer

ordnen die sträucher sich vorsichtig an, die hängenden zweige
der randweiden, mit ihren eingedampften farben, was sich erahnen läßt
sind die kerblinien, *die wege im ufer- und hangbereich*

wurden völlig zerstört. der blick geht weiter bis zur landestelle
schilder, orientierungspläne, dies ist geregeltes gelände, von den augen
nur an den rändern erreicht, von den booten aus *sehen sie nichts*

als den strandflieder, zwischen den planken, der geruch von verbranntem
benzin. die ohren folgen den wassergeräuschen, wieder und wieder
rutscht die hand an der reling nach unten, verbogene streben, das seitlich

eingerollte metall. in den scheiben bleiben die uferausschnitte, leicht
gedehnt die gehölzstreifen, die verlängerten arme der streubuchten
vom wasser aus kommen die gärten nicht in den blick

(2)
luftbilder schießen, der photoauftrag, *hier findet*
agentenaustausch statt. vor den fußspitzen fehlen die fahrbahnstreifen
die abdrücke zwischen den schuhen, die weiße markierungslinie

bleibt auf den abzügen immer in sichtweite, immer im rahmen
der *lichtmöglichkeiten*, während die hand sich, vom dauernden blättern
fast rot, in der winterluft leichter bewegen läßt. leichter bewegt sich

der kopf durch die gegend, die kalte kamera im anschlag, sucht
was sie sucht ist die übergangsstelle, der austausch ein wenig
verzögert. erst jahre später wird die ganze gruppe gemeldet, *darunter*

befanden sich mehrere kundschafter, schneemäntel, offene autotüren
die bilder werden von oben gemacht und von unten
hält eine platte den blick, mit den beschichtungsstoffen, *ausführer*

E. Maus. die köpfe lächeln fest auf diesem bild, sie landen schließlich
auf der ersten seite, zwei finger halten sie, während der rückweg
andersrum verläuft, sich die brücke allmählich entfernt

(3)
die verschütteten wege gehen uns nicht aus dem sinn
auch nicht die primeln und die kübelpflanzen, die erdhügel nicht
und die dunklen gehölze. es ist das stete weitergehen

auf den mit lehm bedeckten wegen, das streifen durch den garten-
raum, das tasten und das fingern längs der uferlinien
in einem baumwurzelbereich, wo der geländeaufbau *deutlich*

zu erkennen ist. ein seltener fall, hier ist die humusschicht
schon gänzlich abgetragen, tonspäne, schotter an den abbruchkanten
die lehmspuren *können wir sehen*, die verschiedenen korngrößen

gehen uns nicht von der hand, kommen uns nicht in den sinn
doch tiefer schauen, bröckeln bißchen, finger, rutschende nägel, das
fängt sich nochmal, geht so hin, es findet den schritt, den schleichenden

nur mühsam wieder, läuft, auf den mit lehm bedeckten wegen
die nicht weichen wollen, weiter. hügel warten, *heimliche* pflanzgruben
sie reichen fast bis an die zäune, an die weiden heran

(4)

etwas wie stubben, keulen. etwas wie helme, schichten der zäune
abriß der vordersten reihe, *maschendraht-*, *streckmetall-*, fehlt noch
dahinter, die anschlußsäule. suchen, näher heran, näher die tranigen

karten, grenztruppen, sichten, wo sie entlang, die *großtechnik*
immer dabei. sägen daneben, dichte gehölze, die rodung erst etwas
später. sie stapeln die balken, halten den postenweg frei, was sie stapeln

wartet am wegrand, bleibt still. die beleuchtung noch da, sie trennen
die starken drähte, die kabel rollen sie ein. sie zerlegen die platten
die schienen, sie reihen die stahlriegel auf. wie es aussieht

lichtet der blick sich in richtung der sträucher, etwas wie stubben
weiden, etwas wie wilde erlen, die *schönen befunde am ort*
die reste, die leichten verfärbungen, die halten nicht, die reichen nicht

aus. abholzen, schrägschnitt, dicht an den stämmen, die sägen sind gut
auf den schrundigen ballen, hartriegel, erle, etwas bleibt hängen
im sägeblatt *(unscharf)*, der stemmschritt, dagegen, der setzt es frei

(5)
weiter, noch einmal, *nun geht es endlich zurück*
zu den anlagen, pflanzgruben warten, und spaten, *die wiedergewinnung*
der sichtschneisen. erst nur die erde, erst nur die tief gepflügten streifen

das sägen hört man noch, die ausgelegten materialien
sind schon sortiert, verbunden mit dem laub, dem schnittgut
den geschälten stangen sind die hände, die rücken gebeugt über kleine

stachlige sträucher. hier nur gestrüpp, der lichte baumbestand
ist nicht mehr da, hier nur die erde, hier das kalte holz
die haufen mit dem halmbelag, der uferschutt, doch weiter hinten

scheint der park schon neu vermessen *(wir sehen es*
an den überlagerungsplänen). die spaten gehen tiefer, drehen, klopfen
fest. *die altlasten sind jetzt entsorgt* und die bäume

bald *raumbildend wirksam*, noch einmal schneiden, noch einmal die wege
rückwärts gehen, strandflieder, junge zweige, das sind die heimlichen
wassergeräusche, das sind die sichten auf den see

honigwarme pupillen …

honigwarme pupillen …

… und war nur dieses eine stückchen, *etwas*
wie haut. das wird nun ganz genau betrachtet

und von einer feinen hand berührt. es liegt im schatten
wo sich diese wölbung zeigt, von haaren, kleinen wellen

oberhalb des nackens. bald schon lösen sich die rillen
ab. das weist voraus auf kahles, auf die schöne nackte

an der wand, die schielt so ruhig ins zimmer, dieser runde
ausgefranste mund und diese punkte auf den unterarmen.

hat hier der zeichner sich vertan? es will nicht recht gelingen
eine öffnung zu erkennen, nur ein milder klecks sticht vor

ob das zum atmen reicht, es zittert die figur, wie's scheint
hat die verschobene kontur den maler höflich angeregt

ein wenig fester aufzudrücken und den schatten ein-
zudrehn. doch kaum zu sehen ist dafür der stoff

am andern ende, der allzu lose um die hüfte hängt. wo
ist denn hier die naht, der *feine etwas unbestimmte strich*

der eine möglichkeit mit einer andern möglichkeit …
… mit einer falte in der haut verknüpft. ach süßer honig

auf dem weichen lid. es bleibt der nacken mit dem kleinen
zart gewellten stück. und die pupillen wandern weiter

Inhalt

klare konturen

peilung

wandernde teilchen

die verschütteten wege

honigwarme pupillen …